Mon meilleur copain

Christine Hanon est née en 1960 à Chartres. Parallèlement à son activité d'écrivain, Christine est enseignant-chercheur en physiologie du sport ! Cette cérébrale est aussi une passionnée d'activités physiques : elle adore faire du sport et s'adonner aux activités manuelles et artistiques. Bref, Christine est une femme très polyvalente !

Hervé Flores est né en 1971 à Nice. Après ses études aux Arts décoratifs de Strasbourg et un court passage dans une agence de pub, il a choisi de se consacrer à l'illustration. Comme il aime varier les genres, il illustre aussi bien des livres pour tout-petits que des documentaires ou des affiches... Son travail d'illustrateur l'absorbe beaucoup, et Hervé avoue avoir envie, parfois, de ne rien faire du tout !

Mon meilleur copain

Une histoire écrite par Christine Hanon
illustrée par Hervé Flores

BAYARD POCHE

1
La rencontre

Il est six heures moins cinq. Dans cinq minutes, le petit vieux du quartier va passer dans ma rue, à vélo et en sens interdit. Comme tous les jours.

Je l'aime bien, le petit vieux du quartier : il me fait rire. Quand je le vois arriver sur son vélo trop petit, avec son béret vissé sur la tête, je commence déjà à rigoler.

Je suis en train de jouer aux billes avec mes voisins, Simon et Aurélien. J'ai déjà perdu deux parties. Il faut dire que je ne suis pas concentré. C'est l'heure où mon petit vieux passe, et je le guette.

Je donne un coup de coude à Simon :

– Regarde, le voilà ! Oh, il vient de perdre une chaussure ! Mais... c'est un chausson !

Je le ramasse et rattrape mon petit vieux.

– Bonjour, Monsieur, ça va ?

– Salut, mon p'tit gars. Ça va. Et toi ?

Ses mains sont toutes ridées, il a le dos pen-
ché en avant, mais c'est fou comme ses yeux
brillent sous le béret. En regardant juste ses
yeux, on ne dirait pas qu'il est vieux. Je lui
rends son chausson, et je lui demande :

– Pourquoi tu fais du vélo en chaussons ?

– Parce que je reste chez moi toute la journée. Je ne sors que pour acheter mon pain et
mes petits pois.

Je n'en reviens pas :

– Tu manges des petits pois tous les jours ?

– Ben oui, mon p'tit gars.
Je ne sais pas faire la cuisine
et, depuis que ma femme est
partie, je mange des petits pois.

Je lui demanderais bien où sa femme est partie, mais je n'ose pas. Je lui dis :

– Moi, je sais faire les crêpes, le gâteau au chocolat et l'omelette. Si tu veux, je t'apprendrai.

– Ça, c'est une fameuse idée. Les crêpes, j'aime bien ça. Ma femme les faisait drôlement bien. Mais il faudra que tu demandes à ta mère la permission de venir chez moi. Allez, j'y vais ! À la revoyure !

Je réponds sans vraiment comprendre :

– À la revoyure.

Je le regarde s'éloigner, puis tourner avec son petit vélo. Si Maman voulait bien que j'aille, ce serait super chouette.

Je rentre à la maison en criant :

– Maman, maman ! T'es où ?

– Là, au sous-sol.

– Dis, maman, tu voudrais bien que j'aille faire des crêpes chez le petit vieux qui habite en face du square ?

– Quel petit vieux ? Celui qui ne sent pas bon et qui prend le sens interdit ?

– Il ne sent pas si mauvais que ça...

Mais maman m'interrompt :

– Ah non, alors ! On ne va pas chez les gens qu'on ne connaît pas.

– Mais je le connais, je le vois tous les jours !

– C'est non, Grégoire. N'insiste pas ! Aide-moi plutôt à étendre le linge. Au fait, as-tu fait tes devoirs ?

Eh non, je n'ai pas fait mes devoirs et, comme je connais ma mère, il est inutile d'insister.

2
Gabriel

Le lendemain, c'est dimanche. Je ne vois pas mon petit vieux. Mais le lundi, je cache dans mes poches les bonbons et les gâteaux de mon goûter. Puis je m'assieds sur le mur pour attendre mon petit vieux.

Le voilà !

– Salut, mon p'tit gars ! dit-il en souriant.

Et quand il sourit, c'est un vrai spectacle. Il doit lui rester cinq dents au maximum.

Je descends du mur et je m'avance à sa rencontre :

– Salut, Monsieur le petit vieux ! C'est comment, ton petit nom ?

– Gabriel, et toi ?

– Moi, c'est Grégoire. Gabriel, je t'ai gardé des bonbons et des gâteaux. Tu en veux ?

– T'es un bon p'tit gars. Je n'ai plus assez de dents pour manger des gâteaux, mais je te remercie pour les bonbons. Je les sucerai le soir en regardant la télévision.

Je tends à Gabriel les bonbons, qu'il enfourne dans sa poche. Je lui dis :

– Tu sais, Gabriel, Maman ne veut pas que je vienne chez toi.

– C'est normal, mon p'tit gars. Il ne faut pas lui en vouloir, à ta mère, elle ne me connaît pas.

– Dis, Gabriel, t'as pas des enfants pour te faire à manger ?

– Oh si, j'ai trois fils et deux filles. Mais ils habitent tous très loin d'ici. Il n'y a que ma fille Anne qui m'invite à Noël et qui me rend visite parfois, le dimanche.

Je réfléchis un peu, et j'ajoute :

– Ah bon, et tu fais quoi toute la journée ?

– Rien, répond Gabriel. Je bricole, je regarde la télévision...

– Et tu ne t'ennuies pas tout seul ?

Mais mon petit vieux ne répond pas. Il remonte sur son vélo et me salue de la main :

– À la revoyure, Gringoire !

– À la revoyure, Gabriel ! Et mon nom, c'est pas Gringoire, mais Grégoire !

Mais je ne sais pas s'il a entendu.

Depuis une semaine, avec mon petit vieux, on se voit tous les jours à six heures. Comme il fait encore beau, on discute devant chez moi. Il me raconte un peu la guerre. Il me parle souvent de son ancien métier d'ébéniste*, qu'il adorait.

Hier, il m'a montré ses outils. Il les avait mis dans son panier exprès pour moi. Et, bientôt, il m'apprendra. Il me parle aussi de sa femme, qui lui manque.

* Un ébéniste fabrique des meubles.

Moi, je lui confie mes soucis : mon papa qui part toujours en voyage d'affaires, mes mauvaises notes à l'école. Aujourd'hui, je suis très en colère contre ma petite sœur, qui m'a cassé mes maquettes de bateaux.

D'un coup, les yeux de Gabriel se mettent à pétiller.

– T'aimes les bateaux ? me demande-t-il.

Je hoche la tête :

– Oh oui !

– C'est drôle, dit Gabriel, quand j'étais plus jeune, j'adorais construire les maquettes de bateaux. Puis j'ai appris à les fabriquer avec des morceaux de bois. Des bateaux, j'en ai des tas à la maison. Je les gardais pour mes petits-fils, mais ils habitent trop loin pour venir me voir.

– Alors ça ! J'aimerais bien les voir, tes bateaux !

– Et moi, j'aimerais bien te les montrer, pour ça, oui ! Allez, à la revoyure, Gringoire !

3
Le contrat

Pendant que Gabriel tourne au coin de la rue, moi, je me demande comment je pourrais convaincre ma mère de me laisser rendre visite à mon petit vieux.

J'ai beau réfléchir, je ne trouve pas. Et ce n'est pas avec mes huit fautes à la dictée de ce matin que je vais décider ma mère...

Je reviens en courant à la maison :

– Maman, maman !

– Oui, je suis dans la cuisine !

– Ça va ? Tu veux que je t'aide ?

Ma mère est étonnée par ma proposition.
Elle me demande :

– Et toi, tu es sûr que tu vas bien ?

– Tu sais, maman, Gabriel a plein de
maquettes de bateaux dans sa maison. Tu ne
voudrais pas me conduire chez lui, s'il te
plaît ?

Ma mère se retourne brusquement vers moi :

– Encore ce Gabriel ! Dis donc, Grégoire, j'ai regardé ton cahier d'orthographe dans ton cartable ! Quand tu auras moins de trois fautes à tes dictées, on en reparlera...

Raté. Archi-raté.

Le lendemain, mardi, je préviens Gabriel du refus de ma mère. Je vais essayer de mieux me concentrer sur mes dictées. Gabriel m'encourage et me dit qu'il est sûr que je vais réussir.

Il me décrit ses trois-mâts, avec leurs voiles immenses, ses paquebots et leurs grandes cheminées, ses petits bateaux de pêche, avec leurs filets bleus. J'en rêve déjà.

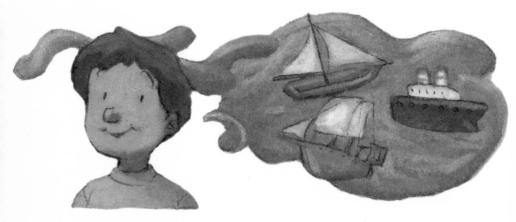

Pour me consoler, le mercredi, Gabriel vient me rejoindre au square. Ma mère le salue de la tête et s'éloigne avec ma petite sœur.

Gabriel m'a apporté des photos. Nous nous asseyons tous les deux sur un banc, un peu à l'écart.

Gabriel me montre la première photo. En souriant, il pose son doigt sur un monsieur très jeune :

– Tu me reconnais ?

Je n'en reviens pas que Gabriel ait pu être aussi jeune, encore plus jeune que mon papa. Je demande :

– Et, à côté de toi, c'est qui ?

– C'était mon copilote et mon meilleur ami. Il est mort quelques mois après que cette photo a été prise, dans une attaque contre les Allemands.

– Oh, dis-je tristement… Et ça, c'était ton avion ?

– Oui, répond fièrement Gabriel.

– Dis, Gabriel, la guerre, c'était comment ?

– Très moche, mon p'tit gars, pour tout le monde. Les hommes, les femmes, les enfants, les Français et les Allemands…

Sans dire un mot, je glisse ma main dans la main toute ridée de Gabriel. Il sourit.

– Et sur celle-là, dit-il en montrant une autre photo, c'est ma femme, Liliane. Elle était belle, non ?

Je regarde attentivement la photo et réponds :

– Je trouve surtout qu'elle a l'air très gentille. C'est marrant, elle a les mêmes yeux que toi. Des yeux tout brillants.

– Pour ça, elle aimait bien rigoler, oui ! Et c'était une fameuse danseuse !

Au moment où je sens que je vais avoir le courage de demander à Gabriel où est partie sa femme, maman m'appelle :

– C'est l'heure de rentrer, Grégoire.

– Oh, maman, encore un petit peu.

– Non, répond ma mère en haussant le ton. C'est l'heure, un point, c'est tout ! Et demain, il y a école. Au revoir, Monsieur.

– Au revoir, Madame, dit Gabriel en soulevant son béret.

Puis il ajoute :

– Serait-il possible que Gringoire vienne chez moi ? J'aimerais lui montrer mes maquettes de bateaux.

Ma mère secoue la tête en grimaçant :

– Merci, merci, mais, avec l'école et les devoirs qu'il rechigne à faire, je ne crois pas que Grégoire ait le temps.

Et elle tourne les talons. Sur le chemin du retour, j'essaie de la convaincre de me laisser aller chez Gabriel :

– T'as vu, il est gentil. Je pourrais y aller un samedi ou un dimanche... Je te promets que j'apprendrai mes leçons sans discuter. S'il te plaît, maman. Laisse-moi y aller !

– On verra, me répond maman. Commence par faire des progrès en orthographe !

4
Les yeux de Gabriel

Novembre arrive, avec des nuages gris et gros comme des édredons, et je n'ai toujours pas réussi à aller chez Gabriel.

Il pleut presque tous les soirs à six heures, et ma mère ne veut pas que j'attende dehors sur le muret, même avec mon imperméable. Je guette Gabriel par la fenêtre. Il faut que je lui dise quelque chose d'important !

Je tape au carreau quand il passe, mais Gabriel ne m'entend pas. Il faut dire qu'il est un petit peu sourd... Je pense : « Ses chaussons doivent être tout trempés ! »

Je monte dans ma chambre et je lui écris un petit mot :

Gabriel
Aujourdui*, j'ai fait que quatre faut
à ma dictée. Je viens biento te voire
je m'ennuis de pas te voire.
Grégoire

---

* Aujourd'hui, je n'ai fait que quatre fautes à ma dictée. Je viens bientôt te voir. Je m'ennuie de ne pas te voir. Grégoire.

J'ajoute des bonbons et un dessin de bateau, et je mets tout dans une enveloppe.

À l'école, je donne le paquet à un copain qui habite dans l'immeuble de Gabriel. Je lui demande de déposer mon enveloppe dans la boîte aux lettres de Gabriel, et je lui donne deux calots pour le remercier.

Et j'attends impatiemment que le temps s'améliore.

Malheureusement, la tempête se lève. Je guette Gabriel par la fenêtre. Le pauvre ! Avec son petit vélo, il fait presque du surplace.

Il jette un regard vers ma fenêtre, que le vent m'empêche d'ouvrir. Mais j'ai bien vu : dans les yeux de Gabriel, il n'y a plus les étincelles. D'un coup, il a l'air très vieux, et moi, ça me rend tout triste.

Cette nuit, j'ai mal dormi. J'ai rêvé que Gabriel était sur un grand bateau qui coulait, et qu'il m'appelait.

En me levant, je préviens ma mère que Gabriel a besoin de moi. Mais maman me répond que j'ai trop d'imagination.

Je n'imagine rien du tout, je les ai bien vus, les yeux tout tristes de Gabriel !

Heureusement, deux jours plus tard, il fait beau. Enfin ! J'attends sur le muret. J'ai des bonbons plein les poches. Six heures. Je regarde le coin de la rue. Six heures dix, je commence à m'impatienter !

Dans ma tête, je dis : « Hé, Gabriel, t'as rencontré une copine ou quoi ? »

Six heures vingt.

Maman m'appelle pour la douche.

– Attends un peu, maman, mon petit vieux n'est pas passé !

– Cinq minutes, pas plus, me répond gentiment maman.

Depuis que je progresse en orthographe, j'ai l'impression qu'elle commence à mieux aimer Gabriel.

Six heures vingt-cinq. Gabriel n'est pas passé. Je rentre en traînant des pieds comme un malheureux.

Pas de Gabriel, ni vendredi ni samedi. Ni les jours suivants. Le temps passe.

5
Le départ

Deux semaines sont passées. Il fait froid maintenant, et je n'ai toujours pas revu Gabriel.

En arrivant à la boulangerie, je vois un carton tout entouré de noir, collé sur la vitre. Maman ouvre la porte si vite que je n'ai pas le temps de le lire.

Quand nous entrons, les gens se taisent. J'ai juste le temps d'entendre : « Le pauvre... trop malade... s'ennuyait trop... il s'est laissé partir... »

Une grosse boule me serre la gorge si fort que je ne peux avaler la moindre miette de mon pain au chocolat. Sur le chemin du retour, je demande à maman :

– Dis, maman, partir, ça veut dire mourir ?

– Oui, me répond-elle doucement.

– La croix sur la porte de la boulangerie, ça veut dire que quelqu'un du quartier est mort ?

Maman fait juste un petit signe de tête pour

dire oui. Je prends une grande inspiration, et je murmure :

– C'est Gabriel ?

– Oui, répond encore maman.

Alors, de grosses larmes, grosses comme ma colère et mon chagrin, roulent sur mes joues.

À la maison, maman veut me prendre sur ses genoux. Mais je ne veux pas.

Je crie très fort :

– Papa et toi, vous croyez que les adultes ont toujours raison. C'est même pas vrai ! Si vous m'aviez laissé voir Gabriel, je l'aurais aidé ! Les vieux, vous vous en moquez. Tout le monde s'en fout ! Pourtant, pendant la guerre, c'était bien eux qui étaient dans les avions ! Et tout le monde était bien content !

Maman est toute blanche. Avec une toute petite voix, elle m'appelle :

– Viens, mon petit bonhomme, viens sur mes genoux.

– Jamais, plus jamais de la vie. Tu t'en fous, de moi ! Et Papa, il est toujours en voyage. Gabriel, c'était mon meilleur copain.

Sur les joues de maman, il y a de grosses larmes qui coulent. Des larmes aussi grosses que les miennes. C'est la première fois que je la vois pleurer, ma maman... Je me jette sur ses genoux pour cacher mon chagrin.

– Pardon, Grégoire, mon petit garçon, dit-elle en reniflant. Je n'avais pas compris que c'était si important pour toi.

Et nous restons là à pleurer tous les deux, blottis l'un contre l'autre.

Le week-end suivant, papa est là. Il a annulé son voyage en Asie. Il m'emmène même à la piscine. Rien que moi tout seul.

Dimanche matin, quelqu'un sonne à la porte. Mon père m'appelle :

– Grégoire, c'est pour toi !

Une jeune femme que je ne connais pas s'approche de moi et me tend un paquet énorme. Elle me dit :

– Je m'appelle Anne. J'ai trouvé ce paquet sur le vélo de mon père avec cette lettre.

Anne a les yeux de Gabriel et de Liliane. Des yeux pleins d'étincelles.

La gorge serrée, j'ouvre avec précaution le carton de Gabriel. Dedans, il y a des tas de bateaux magnifiques. Tout y est : les paquebots et leurs cheminées, les petits bateaux de pêche avec leurs filets bleus. Il y a même les trois-mâts et leurs voiles immenses !

J'ouvre l'enveloppe et je lis à travers mes larmes :

« Pour Gringoire, mon meilleur copain.
À la revoyure ! »

Les premiers romans à dévorer tout seul

 Se faire peur et frissonner de plaisir  **Rire et sourire avec**

des personnages insolites **Réfléchir et comprendre la vie de**

tous les jours  **Se lancer dans des aventures pleines de**

rebondissements **Rêver et voyager dans des univers fabuleux**

Le drôle de magazine
qui donne le goût de lire

- un roman inédit illustré
- des jeux pour s'amuser et être créatif
- la célèbre BD de Tom-Tom et Nana et bien d'autres surprises !

Disponible tous les mois chez votre marchand de journaux ou par abonnement.

Princesse Zélina

Plonge-toi dans les aventures de Zélina,
la princesse espiègle du royaume de Noordévie.

Découvre les plans
diaboliques de sa
belle-mère qui voudrait
l'écarter du trône...
et fais la connaissance
du beau prince Malik,
un précieux allié
pour Zélina.

**Retrouve Zélina
dans *Astrapi*,
le grand rendez-vous
des 7-11 ans.**

Tous les 15 jours chez
ton marchand de journaux
ou par abonnement.

Dans le manoir de Mortelune vit une bande de monstres affreux, méchants et bagarreurs : tu vas les adorer !

Achevé d'imprimer en septembre 2003 par Oberthur Graphique
35000 RENNES – N° Impression :5414
Imprimé en France